KB274781

하늘이 담긴 손

하늘이 담긴 손

김영래 시집

민음의 시 123

민음사

차례

Ⅳ 이타케 가는 배

도개교가 있는 풍경

가득한 손

아주 이따금
내 영혼의 왼손에 그의 손이 놓인다.
우리는 함께 걷고 있는 것이다. 돌아보면
아무도 없다.

꿈꾸는 정원

나는 심지 않고 다만 기다릴 뿐.
아이의 옹알이 같은 새들의 울대 틔우듯
손길에 반들반들해진 연장으로 땅을 열고
북상하는 푸른 깃발들을 읽지.
불이 밤샘하는 밤, 해빙의 밤엔
촛불 한 종지 수직의 꽃으로 들고
싹들의 배냇짓
그 상형 문자의 뜻을 판독하네.
그뿐, 나는 심지 않고 기다리네.
구근으로 혹한을 이기며 월동한 초록의 정신들은
어디쯤 오고 있을까.
내게 손짓해 준 그분의 건널목으로 이곳까지 왔네.
귀 기울이면, 두근거리는 흙,
가쁘 달려온 새의 심장,
한 숲 일구기 위해 쟁기질하는 수맥의 뜀박질.
태양은 탐욕스러운 보폭으로 구리 방울 흔들고
달을 따로 떼어 밤을 달뜨게 하네.
맨땅에서 알몸으로 겨울을 난 씨앗들은
쩌렁쩌렁한 바람의 회초리에 진종일 잠 깨어 있네.
제 체온으로 얼음 족쇄 녹이며 연좌해 있지.

꽃망울의 명민한 피톨 터지는 소리
축포로 울리고
새벽, 내 영혼의 문지방에서
새들이 길을 내며 오는 아침을 나는 기다리고 있네.
꿈꾸는 정원, 그분의 노랫말들인 나무 아래서.
푸른 불기둥 하나 분수를 터뜨려
그 주술적인 가지로 대지의 등짝을 후려칠 때까지
열린 세계 향한 그득한 기다림을 익히고 있네.

새벽

그는 맨발이었고 검게 익은 몸엔
실오라기 하나 걸치지 않았다.
빛의 날들에 양육된 구근 같은 근육,
엉덩이와 무릎의 견과(堅果).
그는 어둠 속에서 나와 갑자기 달리기 시작했고
그의 맨발 아래서 땅은
이제 막 빛을 청진한 샘처럼 두근거렸다.
광원(光源)에 발 담근 시간, 드넓은 들엔 태양의 문장
(紋章)이 싹트고
빛의 맏아들을 분만하는 산욕에 턱이 떨어진
바위산 바위 협곡들의 우레. 그리하여 마침내
오래 피를 내비쳤던 동쪽 어머니의 자궁이 열릴 때
나는 빛과 그의 뜀박질 중 어느 것이 먼저 시작되었는
지 알 수가 없다.
빛은 맨발이었고 그 첫 발자국은
숯의 뼈로 제련한 금빛이었다.
그가 뛰기 시작한 순간 그는 혼자가 아니었다.
발끝이 문드러진 돌, 살점이 뜯긴
강철 파편, 휘고 멍든
빼앗긴 곡식, 걸어 넘어뜨리는 철조망 덤불.

나는 알고 있었다, 그는 혼자가 아니라는 것을.
더욱 강인해진 빛은 화산의 대야에서 피를 씻고
전갈과 들쥐들의 어둠에 이슬을 뿌렸다.
먼 곳까지, 자신의 그림자를 뚫고
야생의 책이 구술되는 평원까지 달려가며
그의 허리는 꺾이고 쾌속의 연골이 깎였지만
태양의 펌프로 두레박질된 그의 호흡,
맑게 고정된 두 눈은
앞서 달리는 다른 한 사람의 희망을 두 손으로 받치며
또 다른 아침을 질주케 하고 있었다.

연등

1

해발 1,080미터 고지에 자리 잡은 수도암.

대적광전 뜨락엔 석탑 두 기, 눈썹미 접고 손끝으로 글
꼴 더듬어보는 비석 한 기, 잣나무 세 그루.
아침이면 연꽃 모양으로 불 지펴진 가야산 상봉에서 분
만된 금빛 불 덩어리를 본다.

햇것인 빛.
도처에 샘의 고막 터지는 소리.

2

무너진 돌탑 기단석에 누군가 씨앗을 밀어 넣어 금낭화
가 꽃을 피웠다.
몸이 연등인 꽃.

절 마당 한 켠을 하얀 꽃 등롱으로 불 질러버린 아그배

나무.

　법당 문 열면, 제 몸 살(肉)의 향로에 불 지피고 향 사
르는 이의
　햇발 같은 마음.

　　3

　〔누가 백지 한 장 찢어 이 머릿속 고열 지등(紙燈)으로
싸안아줄까?〕

　한산교(寒山橋) 밑 막 발원된 계곡 물에 시린 몸 담근
잉어.
　버찌의 한철 위해 왕벚나무가 일제히 꽃잎 털어 연못을
환하게 눈멀게 하면 잉어는 겨우내 붙은 눈 비늘 떼고 진
흙 바닥으로 잠행한다.

　(내 심저의 뻘늪에 화강암 주춧돌을 박아줄 이……)

4

송진 향기로 깨어나는 정오.

암자 뒤 산마루를 타고 내려오며
쓰러진 고송 등걸에 뿌리박고 땅을 향해 하늘 향해 생
의 양 끝을 뻗치는 어린 떡갈나무를 본다.

허물어진 마음, 썩는 몸의 헛간 쪽에
생살로 저며 드는
발이 굵은 빛.

프람바난*

1

자바 섬 중부 프람바난.

퍼즐처럼 와해된 사원.
그 한 귀퉁이에서 사람들이
돌덩어리들을 꿰맞추고 있다.

뜻이 맞지 않는 한 질(帙)의 철자.

2

낙장이 많은 돌들의 책.
우리는 사이가 비고 뒤죽박죽된 전집 속을 헤매며
장엄했던 사원의 형태를 상상한다.
펼치면 파본인 지상의 책들.

누가 신(神)의 바늘 한 뜸으로 이 돌 누더기들을 기워

줄까?

3

도끼로 내리찍는 열대의 빛.
고열의 머리통 타고 앉아
절굿공이로 짓찧어대는 태양.
숯가마처럼 이글거리는 돌무더기 속엔
풀 수 없는 봉인처럼 두 다리 겹고 앉은 돌부처들.
하나같이 머리가 없다.
번뇌로 머리통을 날려버린 모습.

4

고개 들면, 유황을 뿜으며 신음하는
메라피 산의 불붙은 머리.

머릿속 불 끄듯 여기까지 왔다.

바람마저 숨죽인 한낮이면
화장터 기름 가마에서 골 터지는 소리.

* 프람바난: 자바 섬 중부 요그야카르타에서 17km 떨어진 작은 도시.
힌두교와 불교가 융합된 사원들이 있다. 그 북쪽, 해발 2,891m의 메
라피 산은 1995년에도 폭발한 적 있는 활화산.

얼음 편지 1

거기 어디 막장에 갇힌 자 있나?

겨울 저수지에 가면 얼음장이 묻어버린 갱도 어디선가 신호를 보내는 자, 있다. 가만히 맥을 짚어보면, 들린다. 사나흘 영하 15도 영하 17도의 한파에 결빙이 더욱 깊어지는 저 아래서 위독한 영혼이 얼음벽을 두드리는 소리. 쩡쩡 짖는, 뚝뚝 끊어지는 각혈의 소리.

저수지 한가운데로 가서 빙판을 살펴본다. 크고 작은 무수한 균열. 미세한 금 정도가 아니다. 칼등 두께로 쩍쩍 갈라진 얼음 위에 또 한 층의 얼음이 덮고 그 위에 또 다른 균열이 교차하고, 그렇게 얼음은 얼고 터지고 또 얼고 깨지며 결빙기의 살아 있는 지층을 일궈내고 있는 것이다. 뒤틀리는 막막함으로, 흔들리는 대기와 교신하고 있는 것이다.

귀를 틀어막아도, 들린다. 꽉 여물어서 버그러지는, 제 머리통을 제 머리통으로 바위처럼 깨뜨리는 소리. 새벽 터지는 소리 같은 빛을 망치로 청진하는 소리.

내일 아침엔 뭉우리돌이라도 들고 나가 겨울을 다 깨칠 때까지 자기 자신을 깨뜨리기로 작정한 저 무서운 작자에게 면담을 신청하는 모스 부호라도 새겨야겠다.

얼음 편지 2

한밤중에 누가 저수지 한복판으로 나가 얼음장을 깨고 있다.

해진 소맷부리로 더듬어온 몇 번의 겨울. 마음의 북두(北斗) 잃고 눈 감으면 미궁인 밤. 풍(風)이 든 도시는 반신 마비된 채 가위눌리는데 누구인가, 칸델라 불 환히 밝혀 들고 저수지 한복판으로 나가 혹한의 밤을 깨뜨리는 자, 밤잠 깨며 철야하는 자.

얼음장 치면, 이명(耳鳴)으로 울리는 수심. 기슭 돌들의 관절이 접질리고, 쩡쩡하게 떠는 큰 산. 얼음장 치면, 숯으로 도열한 숲의 목질이 발화하고, 진저리치는 하늘, 발등이 찍힌 먼 우레.

밤이면 밤마다 옷자락 펄럭이며 나는 미친 듯이 저수지로 달려가고, 펄럭거리는 고막을 감싸 쥐고 흉몽에 허방다리 짚고, 꿈에서라도 다가가 누구냐 누구냐고 물을라치면 등불 들이대며 암전된 내 얼굴 환히 읽고 가는 사람.

누구인가, 헐어 덧댄 휴식 홑이불 실밥이 풀어져 실낱같은 체온에 매달리는 이 한밤, 누가 열꽃 덩어리 눈으로 교신이 끊긴 저 밑바닥 매몰된 갱도에서 죽은 별을 캐고 있나? 철대문 걷어차고 무명(無明)에 들어 동면을 깨며 월동하고 있나?

화석의 밤

1

나는 그 폐광의 깊이를
빛이 등 돌린 입구에서
내가 내지른 고함을 통해 짐작할 뿐.

어둠의 식도로 통하는 검은 아가리.

순도가 높은 광석의 덩어리들
무개차에 실려 갱도 밖으로 나갔다.
채광의 금속성 사라진 길.

그믐으로 가는 내 영혼의 광구(鑛口)엔
폐석의 더미들,
끊긴 선로, 녹슨 연장,
버려진 원동기들.

밤의 내장으로 통하는 이 깜깜한 어둠의 식도.

2

그곳에 가면 불이 있다.
빛이 분별할 수 없는
영원한 밤이 응축시킨 불.
수억 년 생명이 지층 속에 생매장된
떼죽음의 밤,
화석의 밤까지 가면.

사방이 산이다.
눈의 산, 밤의 산.
탄가루를 마시고 무거워진 심장들
돌아누워 침몰하고
유산된 꿈이 탯줄째 얼어붙는다.
물개 가죽신을 신고 상아 고드름 이빨로
동토(凍土)의 하늘을 톱질하는 바람.
마을로 가는 길 어디며
어디가 마을 밖으로 가는 길인가?
사발 막소주로 씻은 눈들,
막장 속 밤의 아들들에 빛의 총명함을 전하던 눈들은

숯불에 돼지 껍질을 구우며
잘 꺼지고 자주 갈아야 하는 아궁이의 불을 생각한다.
석탄회관에 모여
탄불처럼 식어가는 생계를 생각한다.

막힌 불구멍을 터
신선한 풀무로 숯 풍로를 지피며
금을 제련하는 불,
꺼지지 않는 불은 어디에 있나?

그곳에 가면 불이 있다.

폐광으로 가는 길 눈에 묻히고
갱도에 눈 밝은 광부들 모두 떠나
마을 전체가 꺼져 냉돌인 밤,
대설(大雪)의 밤,
그 심장까지 가면.

3

어둠을 뒤져 불을 찾는다.
밤의 숲. 부싯돌 같은 빛.

존재의 일식이 비롯되는 곳은 어디인가?

내가 가진 것은 공기와 물,
부서진 악기, 재가 되어버린 꿈.

어디로 갔나?
불씨들, 삶의 토시인 빛의 깃털들.
부싯돌들, 부등깃 같은 희망들.

시를 쓰면 불을 지핀다.
끊어진 현(絃)으로 섬광을 켠다.
아주 오래전
구덩이를 파고 묻어둔 한낮의 노래는
썩어 한 움큼의 캄캄한 화력으로 탄화되었을까?

발화성 높은 광석들은
수백 광년 저편의 별들처럼
밤의 자궁 속에 잠들어 있고
나는 인화 물질이 부족한 주머니에서
어린 새 같은 언어를 키우며
밤을 통과한다.
출구가 없는 암흑의 떨림판에
불타는 심장을 비비며.

그해 겨울

― 영월에서

강여울 괄괄한 물살 얼음 젖 먹여 재운 뒤
저녁은 마음 길 먼 서쪽 눈구름 불러
외딴 마을 소식 끊고
버스는 사흘째 고갯길을 못 넘는다고 한다.
돌 집어 얼음장 두드리다 어둠의 턱을 후려치며
빗나간 마음 쪽에 헛다짐 던지지만
수도를 녹이다 덴 손으로 쓴 편지는
강을 건널 수 없다고 한다.
대낮에도 갈퀴손으로 후려치는 어둠에
길은 무릎까지 빠지고
스물아홉인 나는 두절된다.
어쩌다가 길은 겨울까지 풀려 온 것일까.
방 바꾸면 고단한 마음 앞서 아랫목을 차지하고
새로 장판을 간 빈집에 제비집 털듯 기억을 털면
한 삼 년 부둥켜안은 방황이 먼지로 떨어지고
그 겨울은 영락없이 폭설이다.
부득이 올겨울은 여기서 나야겠다.
강이 먹여 기른 너른 들은 바람을 방목하고
그대에게 두절된 토피집 내 방의 문은
바람이 닫고 바람이 파발마의 발을 처맨다.

가풀막진 생의 드난살이,
강 얼고 맘 맺혀 길 밖. 군불 지펴
따스함에 기대면, 아무도 없구나.
몇 점인지 몰라 닭들은 한밤중에도 홰를 치고
체인을 감은 바람은 헛간 빈 농약병 훑쳐
피리 소리 내고 혼잣말로 싸맨 머리
새벽 몸 푸는 띠살문에 기대면
푸른 해류가 감아 도는 젊은 날의 부동항(不凍港)은
눈보라에 묻혀 보이지 않는다.

봉인된 책

신도시 아파트 단지에 어둠이 들면
호명하듯이 불 지펴지는 많은 창문들.
오늘 저녁, 그러나 나는 내 생의 불을 끈다.
지나온 생을 읽을 빛은 충분했다.
충분치 못했다면 오히려
내 문맹을 탓해야 하리.
내 인생은 잘못 읽히었고 나는 더 이상
그 어두운 책을 펼쳐보지 않으련다.
너무 깊어 두려운 내 안공(眼孔)엔
빛의 음표들이 뇌사한다.
옆구리의 솔기가 터진 거리의 나무들, 안개는
물고기의 서덜처럼 앙상하게 시가지를 저며내고
추억은 그러는 줄 모르고 조금씩
바짓가랑이가 젖는다. 길 쪽으로 난 가지들은
어디나 한 줄기씩 마음이 꺾여 있구나.
비가 오면 늘 고이는 기울기에
치욕처럼 세워둔 나 자신은 아무래도 잊어야겠다.
내 미래는 벽지로 퇴거했고
너무 많은 길이 이삿짐을 다퉈 나눴구나.
나의 생은 자주 옮겨 심은 나무 같아

익숙지 못한 땅에 방언처럼 몸져눕는다.
그러니 누가 나와 같은 언어로 희망을 나눌 것인가.
그림자를 갖지 못한 어둠은 대낮에도 유령처럼 나를 덮
치고
끝내 나는 나를 읽지 못했다.
저 환멸의 가두에 성냥개비 하나 던져 불 지핀들
어느 생이 톱밥만큼이나 탈 것인가.
좀 더 어두워지면 꽝꽝한 유리창은 빛의 배후를 쏟아
낼 듯
눈알 부라리고 나의 의심은
버스가 서지 않는 정거장 언저리를 서성거린다.
골라 디딜 수 없는 생이기에 생이 나를 골랐다고 항변
한들
등화관제 중인 이 길을 바꿀 수 있겠는가.
겨울을 위해 단 한 벌의 체온도 축적하지 못한 자는
겨울에 관대해야 하고 곱은 열 손가락으로
원망을 시늉조차 내지 못하는 법.
많은 위도를 바꾸며 귀화해야 했던 저 가로수들처럼.
그렇다. 이 밤은 결코 실명하지 않는다.
밤은 또랑또랑한 목소리로 내 검은 책을 읽고

책갈피를 어둠으로 봉해 버리리라.
늘 죽음을 생각해 왔지만 살쩍이 흐려지는 이 피로는
너무 낯설다. 불을 끈다.
나는, 소등된다.

부유도(浮遊島)

외로움이 그대를 구걸하다
내 마음 까마득한 섬이 되어
밤이면 캄캄한 수평선에서 그 섬으로 가는 배
연일 좌초하고, 휘우뚱거리던 등대 불빛
그마저 꺼져 막막한 날
나 기어이 그 섬 찾아 거룻배 한 척 띄우네.
악몽이 알을 스는 먹장 바다,
돌섬의 한 줌 박토(薄土)를 끼니 삼는 폭풍은
그 섬엔 세상의 꿈으로부터 질서로부터, 또는
하늘의 두레박으로부터 버림받고 거절당한 사람
들 묻혔다 하고 또는 아무도 거주한 적 없다 하지만
나 이왕 든 김에 한 석 달 묵어가자고
부유하는 인생 닻으로 대면
물결은 쳐서 제 온 곳 지우고
품 열어 하늘 싸안은 공간에
아, 바람은 향하지도 향한 바도 없구나.
띄우지 않는 편지엔 난 톱질되었다, 거덜 나기도 전에
결딴났다, 휘갈기곤 썰물의 편으로
쓰디쓴 독백 지워 보내고
내 등진 그리움으로 흉흉한 바다

파랑 주의보로 소식 끊었네. 그댄 알 테지,
난 늘 창에 이마를 대고 속삭였다는 걸.
사랑해, 분주한 그대 거리를 향해 속삭였다는 걸.
나의 식욕인 세상 그러나 입맛을 잃고
나 이제 따개비나 굴조개처럼 마음 악물고
사면이 망망대해인 인생 다잡아보고
내 황홀하던 연정, 옴 올라 부은 허영,
군살 다 빼고 기름기 빼고 그렇게 한 석 달
묵혀버리자고 언덕배기 빈방 하나 고치로 엮으면
은발의 구름은 빗돌 하나 놓이지 않은 무덤
풀 머리채 거머채고 태양은 하늘의 노른자위 풀어
검은 바다 들끓게 하고 바람은 된서리 같은 냉소로
윗입술을 말고 파도는 돌을 때려 사람 소리를 낸다.
아무도 없다 아무도, 그런 줄 알면서도 자꾸만 뒤돌아
보게 되는
머리 꼼짝없이 침묵으로 다지면
섬은 다그치는 바다에 시린 허벅지 담그고
흘러온 세월의 수심(水深) 짚어볼 수 있을 것 같았다.
나 가둔 섬에 그대 가두고 어느 날 아침
허물 벗듯 그 섬을 떠날 수 있을 것 같았다.

우물마저 말라 무인도로 기록될 섬엔
내가 떼어놓고 떠난 내 젊음의 수인(囚人) 하나
유형으로 떠돌고 그땐 아마
영영 그를 잊을 수도.

우화(羽化)의 집

지난여름 잠실(蠶室)로 쓰이던 방에
겨울나자고 짐을 풀었습니다.
가을엔 단풍 곱던 뽕나무 이파리 모두 떨어내고
앙상한 휘추리로 꼿꼿해 있습니다.
쓸모없는 가재도구 잔뜩 쟁여놓고 이산해 버린 골방처럼
먼지 켜켜이 쌓인 한살이 돌이킬수록 한심해
떼밀리듯 찾아든 산골 너와집.
문짝 휘고 우풍 심해 머리맡에서도 살얼음이 업니다.
오늘은 산에 올라
때죽나무 신갈나무 산사나무 삭정이 모아 칡덩굴로 묶고
갈비도 한 소쿠리 져다 놓았습니다.
이즈막 불은 제가 돌보는 유일한 식솔, 올겨울은
덜 외로우리라 여겨지는군요.

사랑방에 가보면 누에를 치던 흔적이 그대로입니다.
싸리로 얽은 채반이며 섶을 올리던 시렁,
눈처럼 흰 방에 실 다 토해 들 때까지
애벌레들이 먹고 배설했던 자국이 더께로 남아 있습니다.
가을엔 버려진 고치에서 날개돋이한 나방이
등불 아래 점도록 떨며 빛을 쐬다가

아침이면 신발 속이나 책갈피에 끼어
죽어 있는 것이 눈에 띄곤 했습니다.

번데기인 채로 삶겨 한 줌 실로 풀려 나간 저의 지난날
들은
그러나 끝내 우화하지 못했습니다.
누구도 바란 바 없는
누에나방들의 때늦은 우화만큼이나 무모했던
세월. 돌이키면 물 대롱 얼고
소나기눈 내려 인적 끊깁니다.
땅거미에 고단함 실어 두문불출인 세상,
부르는 소리 끊겨 마음은 늘 오지이고
바람만이 문고리 흔들어 언 땅을 깨웁니다.

이렇게 몇 장의 날밤 벗고
얼갈이한 생 고갯길로 넘으면
골방으로 이산한 이 겨울 애옥살이도
넉 잠 든 누에들의 하얀 집 되어주지 않을까
풀쳐 생각하며 우화등선(羽化登仙) 백옥의 땅에서
쪽문을 닫아겁니다.

포도밭 벌목 1

겨울, 포도 덩굴의 곤궁한 내부로 오라.
기댈 목책 없이 목발을 잃고 아무 데서나 휘청거리는 밤,
무엇 하나 바꿀 수 없기에 우리 가까스로 옮겨 디딘 적
있는
불에 덴 발자국 그 자취를 쫓아서.
오라. 기억의 협곡에서 각적(角笛)을 부는 유년의 바람
이여.
약한 지반 쪽에서 인내가 주저앉았던 땅으로 들어
황폐한 너와 나 자신의 가난을 겨루어보자.
눈먼 기억들이 겁 없이 발목을 잡는 벌목의 언덕,
등짐에 올린 한 점 살의 무게조차 고달파
갈까마귀 떼를 부르면, 새들은
낟알을 쪼던 검은 부리의 들에서 날아와
도사리로 떨어진 내 시름의 발밑까지 탈곡하고
철사를 깎는 저 도저한 바람.
무너지지 않기 위해 직립의 뼈를 꺾으며 구름처럼 흰
덩굴의 보행은 어느 행처에 이르렀을까?
포획의 포물선으로 허공에 옹이 박고
희망 쪽으로 한눈팔던 내 어린 날
생존의 방식. 견갑골을 펴고

어깨 빗장으로 등짐 진 자들의 저 등허리에
바람은 다시 또 무엇을 얹으려 눈발을 뿌리고
사방 길 끊어놓는 불행은 얼마나 촘촘한가.
아나니, 이제 내 아나니, 오라.
저문 땅 외투 주머니에 남은 한 토막
양초처럼 온화한 슬픔 아직 찾지 못해
어두운 눈으로 그믐의 대륙을 배회하는 너, 궁핍한 영
혼이여.
이곳, 포도 덩굴의 황폐한 내부로 들어
포도상구균처럼 번지는 밤을 부둥켜안고
휘청거리는 불구의 겨울과 너의 무력(無力)을 겨루어
보라.

포도밭 벌목 2

저녁 식탁

　태양으로 흐르는 저 가락들을 보느냐? 아픔을 베어 물며 가장 눈부신 쪽으로 생의 촉을 세운 새순들. 아버지, 지주목 세워 포도 덩굴을 감아 올리며 덩굴에게 서는 법을, 포복하며 이동하는 법을 가르치고, 포도, 태양의 만물, 화식(火食)하는 대지의 내장이 토해 낸 열탕의 흑요석, 가장 먼저 익은 놈으로 한 해를 심고 애야, 여러 해 시비(施肥)한 땀의 첫 수확을 나누자꾸나. 당도 높은 여름으로 술을 빚어 일몰에 기대자꾸나. 푸른 엽맥으로 주름 진 나의 원숙한 시간. 주여, 오는 가을엔 생애를 바친 한 끼의 행복한 식사를 갖게 하소서. 피를 따뜻하게 하고 우리의 영혼이 주렸음을, 너무나 오랫동안 공복이었음을 깨닫게 하는 늦은 저녁의 식사. 아버지, 그러나 당신이 공석인 우리의 식탁. 우리는 고아처럼 떨며 마지막 밥풀을 아끼고, 당신의 수저 한 벌 녹여 그리움의 별을 만듭니다.

세상의 모든 아침

　태양의 높은음자리표까지, 일몰의 끝까지 달려가 새벽
을 기다릴 때 밤은 사슴뿔 촛대 가득 별들을 양초처럼 태
우며 해몽할 수 없는 벽화를 그리고, 전이 넓은 모자에
촛불 꽂고 밤을 그리는 화가는 어디쯤에서 어둠의 구두점
을 찍고 있을까. 석양을 배웅한 뒤 가장 늦게 오는 여명
은 하늘 가득 하얀 불뱀들을 풀어놓고, 새벽별 보며 일
나간 아버지는 용암이 흐르는 은하수 끝 어느 자락에서
샘물을 적시고 계실까. 두 볼이 붉어오는 나의 꿈. 생의
양안(兩岸)에 노을 지는 동시 상영의 꿈. 보늬처럼 얇은
여명의 투명한 속 차곡차곡 내 속에 쟁여 큰 아침 이루게
되면 난 내가 고용되지 않은 빛 속에서 무급 노동자로 땀
흘리고 싶어. 신(神)의 텃밭에 공손한 이랑으로 경작되고
싶어.

땅 위의 날들

필생의 염(念)으로 빚은 강한 녹엽 한 장 싹을 디밀었

다. 갸륵하구나, 땅 위의 날들. 엄동의 갑옷 뚫고 부르튼
덩굴 끝에서 봄 아지랑이를 움켜쥔 너의 조막손. 메아리
없는 내 사랑 포기 나눠 묘목으로 키운 동산에 씌울 한
잎 푸른 관(冠)이로다. 아느냐, 움파처럼 곱은 손으로 우
리가 우리 심장의 얼음을 만지는 동안, 얼음 박인 이마들
이 골방에서 와병 중인 동안 마치 언 계곡 물처럼 속으로
부터 녹아 흐르는 미움. 속으로부터 녹아 뉘우치는 어리
석음. 나날이 심장이 더워지는 이 땅에 며칠 더 머물기로
한 혹한을 용서하자. 밤이면, 그러나 가위를 든 얼음 손
이 생장점을 자르는 소리. 겨울눈의 아린(芽鱗)을 후벼
파는 소리. 이빨 다 빠진 잇몸으로 생쌀 불려 암죽을 쑤
어주는 그런 사랑을 아느냐? 아버지, 오전의 긍정은 북쪽
산사면 희끗희끗한 저녁으로 기울고, 이 밤은 넘기기에
몹시 힘든 밤. 동이 터오지 않는 밤. 어떤 도단(道斷)의
칼이 뿌리의 행처와 가지의 향방 사이를 가르고 있나. 보
아라. 지나가면 그만인 허공에 생애의 며칠쯤 매달려 있
을 줄 아는 덩굴들은 이미 잃은 것에 집착하지 않는다.
그의 희망은 도약을 준비하는 흡근이 안간힘으로 움켜잡
은 받침대. 그것이 철사든 콘크리트든 무슨 상관이랴. 불
밝힌 방과 방 사이를 이동하다 돌연 어두운 복도에 고립

된 생을 너는 무엇 하러 새김질하려 하느냐.

저녁 진혼(鎭魂)

남천(南天)에서 공수되어 온 내 영혼의 새들 떠나고, 반음 골라 빛 계단 건너뛰며 문턱을 넘는 황혼. 태양으로 흐르는 가락이 어디서 단조로 꺾이었을까. 아, 저 고단함 덩어리의 일몰! 이대로 저물면 냉해를 입은 뿌리는 또 얼마나 시려올까. 생의 측선에 붙은 비늘 예리하게 치며 내닫는 강.

가을걷이

흉작이야. 한류를 몰고 오는 폭풍 속에 작황이 좋지 못한 시간들이 도리깨질되고 있어. 쭉정이로 날리는 생애. 삼 년에 걸쳐 이 황량한 산비탈을 포도밭으로 일구었지만 신(神)이 갈아엎는 것이 삶인지 죽음인지 쟁기여, 어느 이랑에서 싹을 확인할 것인가. 몇 해에 걸친 개간. 그보다 오래 참을성 있게 삶을 경작해 온 죽음의 저 못 박인 손. 어디든 보습을 들이대면 드러나는 뼈 한 움큼의 종교. 깨진 질그릇, 순장된 애증만큼의 영원. 지상에 뿌리 내린 유한과 평행선을 그으며 하늘을 금욕하고 가장 건강한 만물로 제주(祭酒)를 빚으며 부양해 온 우리의 형이상학이 무슨 소용인가. 모든 것 저물어 재로 몰(沒)한 대지에서 아들아, 끝내 우리는 공포로 견성(見性)할 뿐. 녹슨 쇠붙이로 파종된 어떤 연금술로 너는 이 땅을 경작하려느냐.

벌목

　꿈이다. 깜깜한 흙 속에 누워 심하게 휘고 꺾인 철사 줄들을 본다.
　허리가 잘린 나무들. 성운(星雲)의 머리 다발 욱여 잡은 채 밤의 비탈에서 무너져 내리는 덩굴들.
　아버지, 모근까지 팬 얼굴. 애야, 난 꺾꽂이되었다. 땅속에서 올려다보렴. 삽목된 내 허리에 뿌리가 돋았는지.

포도밭 벌목 3

들어오게. 여기는 밤의 궁전. 별들의 조명탄이 은광(銀鑛)의 열두 야적장에서 작열하고 있네. 이봐 친구, 자넨 문 앞에서 너무 오래 망설였지 않나. 자넨 여러 번 이곳까지 이르렀지만 언제나 다른 길로 돌아가야 했고, 지금 방금도 자넨 왔던 길을 찾지 못하고 있네. 해는 저물고, 눈금이 지워진 그대의 행장(行狀). 빛의 눈 밖에 난 그대의 족적. 귀 기울여봐. 겨울 언덕을 탄주하는 저 가슴 아픈 음악. 치유할 수 없는 상처는 얼마나 평화에 가까운가. 겨울밤 꿈마다 자넨 얼음강 건너 북방 한계선 너머로 월남하지만 희망이라는 작물, 절제와 행복이라는 씨앗을 위해 자네가 주판처럼 갈아놓은 기름진 텃밭은 밤의 맹아(萌芽)들에 포위되어 있어. 어디 자네 정신의 재갈을 힘껏 당겨봐. 멈춰야 할 때 치닫는 미친 말 같은 정신을. 오게, 그러니 친구. 이곳은 휴경지인 밤. 자네의 타버린 영혼에 질박한 객토를 제공하리. 별의 높이까지 가면 언제든지 태양을 볼 수 있는 곳. 허망한 볏짚 한 묶음인 생의 헛간 문 열고 정신이 남향할 때 남국은 북향으로 거수하지. 더는 주저하지 말고 자네 앞의 문을 밀어보게. '빛의 정원'이란 문패가 붙은 황금빛 문을. 손 뻗으면 닿는 어둠의 속결에서 안과 겉을 잊을 때, 자네가 등진 세계로 돌아

나가는 문에 왜 '밤의 정원'이라는 반딧불 언어가 빛나는
지 그때 비로소 알게 될 걸세.

도개교가 있는 풍경

1

늦은 오후, 그에게로 가며
마을 끝 빈집 울타리에
목을 꺾고 선 한 무리의 해바라기를 본다.
첫서리에 시커멓게 그을린
여름 심장들.
귀 자르고 머리 밀어버린 사내의 모습이다.

오래도록 태양을 응시한 두 눈의 흑점은
무엇을 보고 있을까?

그를 만나지 못하고 돌아오며
나는
바람벽에 실금이 간 집들과
창문을 봉한 가내 공장에서
악착같이 스며 나오던 석유 냄새를 생각한다.

환기구를 담요짝으로 틀어막고
그을음으로 두꺼워지는 날들을

예정된 질식으로 어루만져야 하는 이 추위는
이제 시작에 지나지 않는다.
판자로 밭벽을 잇댄 골목길을 돌아 나오며
바지춤에 손등을 비비던 사내들의 허망한 몸짓을
조금은 이해할 수 있을 것 같다.

낮술로 얼근해진 일몰.
일제히 나트륨 등을 밝힌
도시 외곽 순환 도로의 거대한 철골 아래서
문득 내 머릿속은
일사병이 엄습하기 전 태양의 색조로
실업의 변두리가 활활 타오르는 환상으로 뜨거워진다.

2

—영월, 1999년 겨울

북서쪽으로 난 마당과 오후 3시의 응달엔
눈이 녹지 않고
잠시 잠든 사이 다시 눈이 내려

내 서성거리던 오전의 발자국
지워진 뒤꼍 고샅길에 서면
겨울이 닫아 빗장 지른 하늘을 쓰러뜨려
눕히며 캄캄해져 오는 저 강안(江岸).
보라, 서릿발 푸른 그루터기 낫으로 패며
훤칠한 보폭으로 들을 가로질러 오는 어둠.
지문이 거친 바람은
막다른 곳으로 달려가 막다름에 등을 대고서야
정면을 응시할 수 있었던 한 사내의 등을 후려치며
등 뒤의 시간이 두려움을
배후의 설경으로 일깨우고
저 고단한 들, 무수한 파편의 벌판엔
내 젊음 파본으로 뜯긴 한 움큼의 백지.
혼곤한 꿈마다
발이 큰 방황의 이름으로 길어지는 그림자.
떨치지 못해 내가 떠나야 했던 것은,
떠나서 다시 부여잡고
스스로 도주의 길을 끊고 고립되어야 했던 것은
무슨 까닭에서인가.
휘청거리는 무릎으로 빈 들에 서면

빛이 끝나는 곳에서 황황하게 일어나는 의심의 소리.
늦었다. 필라멘트가 끊긴 알전구 아래
바람은 갑자기 거칠어져 봉창을 흔들고
선잠 들었다 귀 기울이면
설빙(雪氷)이 파묻은 봉분을 헤치며
강안 저편
뜬눈으로 오는 박명의 벼랑까지
미친 듯이 달려가는 구둣발 소리.

3

늦은 오후, 다시 그에게로 간다.

돌아보면, 지나온 들녘엔
채탄 더미처럼 쌓인 먹장구름.
짐승처럼 웅숭크린 볏가리 사이
농가의 빈 헛간. 농약병과 소주병이 나뒹구는
개골창에 담배꽁초 던지고
수문 닫힌 관개 수로를 지나면

짧게 끊어 우는 새들의 울음소리 멀어져 간다.

수심을 짚으며
살얼음 깨고 건너온 강여울은 어디인가?

어제는 그악스러운 갈까마귀의 들에서 돌아오다가
새들이 떠난 지평과 마을 사이에서
별안간 길이 사라져버리는 묘한 경험을 했다.
몇 달간 거의 매일 왕래했던 그 길이
도중에 증발해 버린 것이다.

돌풍에 한 움큼씩 갈기털로 뜯긴 검은 구름.
저물녘 배광에 휩싸인 들.
거기서 기억은 끊어진다.

금빛이 부족해.
태양의 생육(生肉)을 으깨어 만든 빛.
내부로부터 시작된 결빙이
각막에 살얼음을 지게 하는 겨울,
쇠진한 영혼 어디서 불의 꿀을 찾아야 하나.

4

칼끝 같은 길. 칼끝으로 새겨놓은 벼랑길.
돌아갈 수 없는 것이 너무나 많아.
(허락받지 않은 한 줄기
위험한 가지처럼 뻗친 외짝 귀.
떨켜가 자라며 녹엽의 꿈들을
땅으로 어둠으로 수긍케 하는 목소리)
가루받이가 되지 않아. 불임이야.
(그는 밟아 꺼버린 불 같은 눈을 든다)
머릿속의 독(毒), 치사량의 밤.
뼛속 북구(北歐)가 살찌고 있어.

돌이켜보면,
구필 갤러리와 보리나주의 탄광,*
프로방스와 헤이그 사이엔
하나의 도개교가,
상판부가 끄떡 들려 있어 통행이 불가능한 다리가
놓여 있는 기분이야.

건너려 할 때마다 난 번번이 차단되며
고립된 나 자신을 보지.
그 아래엔 건널 수 없는 강, 흐르는 길.
직류 연결된 그 길은, 그러나
성자(聖者)들의 길. 한때 나는 그곳에 서서
양쪽 강기슭을 훔쳐보며
두 세계를 하나로 잇고 싶어 했지.
늦었어. 어느새 자오선이
향일성의 삶 한가운데를 뚫고 지구를 한 바퀴 돌아
원점으로 회귀하고 있어.
바다가 얼어붙는 나라로.
어쩌면 풍경과 화폭 사이,
현실과 내가 바라보는 사물 사이에
정작 하나의 도개교가 존재하는 것이 아닐까?

아주 이따금씩 나는 그 다리를 건너곤 해.
많은 경우 나는 건널 수가 없어.
칼끝 같은 길, 머릿속의 독.
이 많은 도사리들을 봐. 낙태된 환상들을.

지난해 봄, 아를에서야.
론 강의 도개교 위로
연인들을 태운 마차 한 대가 지나가는 것을 본 적이
있어.
마차는 마을 쪽으로 가고 있었지.
강변에는 아낙네들이 빨래를 하고 있었고
마차의 그림자는 겹겹의 파문에 접혀
반대쪽 강가에 선 내 싸늘한 발부리를 적셔주었지.
그날의 그 태양, 회복기의 빛,
구운 빵 냄새 나는 흙.

어느 불행했던 밤, 인색한 불빛 아래서
나는 그 광경을 그림으로 그렸지.
마을 쪽에서 본 다리와 마차를, 강과 여인들을.
건너갈 수 없는 내 영혼의 나라를.

얼음 편지 3

이제 나의 언어는 얼음 덩어리가 되었습니다.

당신에게 전하려던 나의 언어는 소리를 잃고 묵음으로 스스로를 울리더니 존재의 내벽을 깨고 각혈하기 시작했습니다.

이제 나의 언어는 흐르면서, 또는 솟으면 솟는 채로 얼어붙는 결빙의 언어가 되었습니다.

말하면서 소리의 혀를 자르고 무성으로 의미의 발목을 잡아채며 벙어리 얼음 덩어리 모두 토해 길을 닫고 말문을 틀어막았습니다.

이 겨울, 금족령이 내린 계곡, 당신에게로 흐르려던 나의 언어는 신음 한 방울, 한 줄기 한숨마저 얼려 더욱 굳히며 오체투지 새하얀 포복으로 나아갑니다.

다가가도 결코 당신에게 닿지 못한 나의 언어는 닿지 못한 채 월동하며 스스로를 향해 빙벽을 쌓습니다.

얼어터진 심장의 급류마저 얼려 얼음 절벽 세우며 침묵의 덩어리, 실어(失語)의 덩어리, 언어 이전의 형상의 덩어리를 껴안고 모로 누운 나의 언어는 이제, 얼음 핵과 속 씨앗처럼 어둠의 중심에 자리 잡고 뜬눈으로 겨울잠에 듭니다.

얼음 편지 4

―단식 시인

그는 삼 년째 백지 앞에서 묵언 중이다.

삼 년이 지나자 그는
하늘에다가 백지를 옮겨놓는다.

깜깜밤중이면 허공에 대고 청죽(靑竹)을 친다.
부동의 심골(心骨),
마음의 골필(骨筆)로.

그는 심중에다 대고 무기한 묵언 서약을 한다.

사발 소주를 마시는 날이면
백지에서 욕지거리가 들린다.
그는 마음 점 하나 찍지 않은 종이를 찢어
귓속을 틀어막는다.

그에게는
만년빙에 박힌 은 송곳 같은 침묵이 필요하다.
심중의 빙산에서 얼음꽃 피는,
벙어리인 마음의 백지.

그는 낙점을 받은 자신의 언어들을
불구덩이 속에 처넣는다.

　그는 내연(內燃)하는 거울에 화인(火印)처럼 찍힐 낱말
들을 생각하다
　태워버린다.

‖

구름으로 만든 집

해빙의 아침

1

얼어붙은 내 두개골 한가운데로 따스운 입김 불어주시
어 이 겨울 얼음으로 박제된 영혼 봄물 한 줄기로 골절케
하시는 이.

2

너의 겨울 안녕했는지, 얼음장 밑으로 시냇물 지저귀며
물오리나무 새끼발가락 간질입니다. 얼었다 녹으며 주름
겹친 바위들 혼곤한 한낮 기다려 턱 빠지듯 균열 가고,
은비늘 세운 날렵한 햇빛 푸석돌 굴려 산비탈을 울립니
다. 그 소리 물씬 꿈결인 듯 결려 오네요. 깨워주세요.
저, 무진 긴 세월 적막의 빙하 속에 선 채로 잠들어 있습
니다.

3

얼음 방에 검은 털 죄 밀고 들어 급속 동결된 푸른 영
혼 햇빛 모루채로 두들겨 자물통 부수면, 얼음 농(籠) 서
랍 서랍마다 가부좌 튼 생의 굳은 관절 거문고 줄로 풀려
팽팽하게 조율된 탄력의 노래 부릅니다.
모두 풀면 이렇듯 한 개울 이루네요. 그 물 여울져 흐
르며 해빙의 나라 음유하네요.

산돌배나무

내 영혼의 바리때에 소복이 담긴
순백의 향기.
흐드러지게 담았다 비워낸 뒤
깨끗하게 닦아낸 은주발 꽃.
나 여기
산돌배나무 하얀 그늘 아래
겨울을 넘어온 부르튼 발로
바람의 짧은 한때 쉬어 가나니
내 젊음 머물 곳 없음의 집에
꽃으로 처마를 내어준 나무여.
아낌없는 지붕이여.

아그배나무 그늘에 앉아

아그배나무 아래 앉아
절 마당 한 켠을 흰 꽃으로 묻어버린
아그배나무 그늘에 앉아
감량한 마음의 무게로 떨어지는 꽃을
듣습니다.
어제는 비,
운동장만 한 마당이 눈부시게 비고
솜털을 밀어버린 모래알들
부화될 듯 보송보송해지는 기척.
빛이 나무의 그림자를 나이테처럼 무르익게 하여
어둠이 푸름의 한쪽 몫임을 가르치는 동안
아그배나무 아래서 귀 기울여 듣는
그늘의 분명치 못한 속삭임.
잎 그물이 걸러낸 어둠의 말.
전압이 느껴집니다.
서서히 감전되어 고개를 끄떡입니다.
아그배나무 아래 앉아
열매의 비늘 벗기기 위해 꽃잎을 덜어내는
환한 꽃 그늘에 앉아
구름의 휘장을 걷었다가 닫는

바람의 행간으로
하얀 절 마당이 까만 개미로 꽉 찼다가 텅 비는
함량의 눈금 떨림을
속곳 갈아입는 소리로 듣습니다.
서서히 감량되어 밝아집니다.

무릎으로 걷기

나의 뿌리는 맹목의 땅에 묻혀 있습니다.
돌을 만나면 돌 녹이고 쇠 만나면 쇠를 품으면서
무수히 결절들 엮어 무릎 꿇고 있습니다.
꺾인 마디 흰 자국 옹이로 처매며
아픈 관절 모두 굽혀 무릎 꿇고 있습니다.
나의 뿌리는 무릎걸음으로 바위 사이를 지납니다.
팔목으로 어둠을 휘어 감고
거대한 암벽에 쇠못을 때려 박으며
눈 밝은 중심을 향해 하강합니다.
수천의 다리로 하늘 척추를 떠받든 거목의 뿌리들은
땅속에서 결가부좌를 틀고 있다지요.
수백 년 세월 결제(結制)를 풀지 않고
정수리로 하늘의 숨문을 깨친다지요.
밑동을 자르고 그루터기를 파내어도
대지의 신비로운 매듭처럼
지상을 떠받치며 항진하는 뿌리.
나의 눈먼 뿌리는 큰 바위 껴안고 슬행(膝行)하면서
다만 그 뿌리들을 향해 무릎 꿇고 있습니다.

내 영혼의 핵과 여무는 소리로 듣는

　나무를 잘라보면 한 아름 되는 그루터기의 심재(心材)
에는 중심에서부터 방사상으로 뻗치는 깊은 균열이 있다.

　밑동이 굵어지면서 증대되는 존재의 압력이 나무의 가
장 견고한 부분에서 우레를 터뜨리는 것일까?

　나이테를 살핀다.
　중심은 나무의 중앙에 있지 않고 끊임없이 생명의 아픈
쪽으로 이동하며 그곳에서 심지를 세워 팽창하는 육신을
강한 힘으로 욱여 쥔다.

　빠개질 것 같은 밀도.

　문득 내 영혼의 중심에서 실금 가는 소리.

백두옹*

그의 필생의 꽃을 털어버렸을 때
비로소 꼿꼿해지는 머리.

꽃잎 삭발하고 향기 감아버린
흰머리.

* 할미꽃은 그 모양에 따라, 꽃이 피었을 때는 노고초(老姑草), 꽃이
지고 씨앗을 맺었을 때는 백두옹(白頭翁)이라는 별칭을 갖는다.

소금쟁이

저놈은 완전 방수된 몸을 가졌다. 코를 틀어쥐고 물 먹이는 세상에서 물 한 방울 묻히지 않고 수면 위를 산책한다. 떠다니는 가벼움을 위해 먹고 싸는 일을 포기한 신선 같다. 유연한 몸짓, 빙원을 활강하듯 유창한 행보. 보라, 유쾌한 정신의 물구슬 유희! 잡식으로 뒤뚱거리며 마음 물밑이 두려운 우리에겐 신약(新約)의 기적 같은 현신. 저놈의 아랫배 아래서 사타구니 밑에서 가려운 파문이 이는 물은 감히 그를 물들일 수도, 수생(水生)으로 전향시킬 수도 없다. 정말이지 저놈은 물들지 않는 소금이다.

인사

1

 그 어떤 여행도 언어의 배를 타고 떠나는 여행만큼 깊고 아득한 것은 없었다. 그리하여 고향이 있고 방언이 있고, 가시덤불로 밀생하는 도시와 화석과 무너진 사원과 화산의 아침을 우회하여 돌아오는 둥근, 둥근 조국이 있다.
 지금 그 조국은 나에게 무엇을 말하는가?

2

 계곡. 우렁찬 모음의 큰 여울에 대고 내 귀향 알리기 위해 나는 생득적인 언어의 물줄기를 더듬는다. 누가 소리의 보법(譜法)을 배운 교실을 다시 찾겠는가? 받아쓰기 선생은 잊혀졌다. 처음 본 나무는 그 처음의 울림통을 새롭게 조율하기 위해 수없이 많은 나무들에 내 꿈을 접붙였다. 이제 그 나무, 'ㄱ' 자음처럼 꺾인 교사에 의해 구술된 나무는 교실의 천장을 뚫어버렸고 창들을 깨뜨렸으며 공책을 찢어버렸다.
 그 나무에다 대고 글씨를 쓴다. 내 꿈의 문자를.

3

여름, 태양, 아궁이, 길, 섬, 노래, 밤, 아버지……

하늘 지붕
— 유랑의 무리 1

1

이틀째 봄비 내려
목련꽃 몽우리 일제히 흰 횃불 달고
평촌 신도시 건너다보는
주공아파트 내 전셋집엔 빗물 샌다.
5월에 만나 구 년 연애 끝에 장마철에 결혼한 아내는
이사 걱정을 하고
나는 신혼 살림을 풀며 또 떠나야 할 궁리에
골판지 박스 쌓아두고 살던 상록수 시절을 의아해한다.
비가 온다.
빗물은 벽을 타고 흐르고
나는 장롱 위에 플라스틱 대야 둘을 받치며
무성해지는 곰팡이들에 탄복한다.
이맘때면 환청인 듯 들리는 목소리.
나는 어깻죽지 세우며 거부하고
누군가 흠뻑 젖어 아랫도리 무거운 짐짝 끌고
저 낯선 거리들을 지나는 것을 못 본 체한다.

2

너무 젖으면 위험하다.
──아버지, 비가 오면요 얼음도 다 물이 돼요
비 오면 무릎까지 젖고 젖은 솜이불 신발짝은
얼마나 무거운가.
──아버지, 옥상의 눈을 다 치워야 돼요. 눈이 녹으면요
젖으면 빵처럼 부풀어나는 이불,
수제비처럼 퍼지는 책들.
길은 넝마로 흐트러져 멀고
물이 새는 운동화의 콧소리 강한 노래
저물도록 들으며 나는 돌아가고
아버지, 늘 비가 새는 유년의 지붕,
우산 받쳐 들고 동네 어귀에 나와 계실까.
먹구름이 지붕인 지상,
어디로도 갈 데가 없어 기억을 포기해야 할까.
사나운 비로 온몸을 적신 채 당신은 방 안에 들고
얼마나 더 젖어야 내 당신의 우산이 되나.

구름으로 만든 집
— 유랑의 무리 2

1

그해 내 푸른 동산 서리 맞아 단풍 들고, 어둔 실내등 자주 꺼지는 쪽잠 달고 꼬박 열세 시간 달려온 완행열차. 애야, 나귀처럼 지쳤구나. 11월. 서울은 어둡고, 회색. 하늘을 감아 오르는 콘크리트 덩굴 숲. 참기름 바른 손바닥 같던 늘푸른 나뭇잎들은 어디로 갔나? 아버지, 동박새는요 동백 숲에만 산대요. 늘 푸르기 위해 그들은 안간힘을 쓴다. 겨울을 깨물고 혈(血)의 꽃을 피운다. 여느 해보다 일찍 첫눈이 왔다. 봐라, 함박꽃이다. 눈사람으로 걸어오는 겨울의 노래. 벙어리장갑을 갖고 싶어. 방울 달린 모자도 사고. 어머니, 서울 애들은 털신을 신고 다녀요. 이듬해 나는 전학을 했다. 우등상 타면 고구마 삶아 남산으로 소풍 가자. 산은, 입산 금지. 우리는 철망이 쳐진 계단에 쪼그리고 앉아 고구마를 먹고, 나는 대숲에서 보따리를 풀던 새들의 날품 얘기를 듣고 싶었다. 상수리나무의 상수리야, 너는 너의 숲에서 얼만큼 멀리 가니?

2

　꿈에선 뿌리 대신 발을 가진 나무들이 서성거렸다. 내가 태어난 곳은 천 리 밖이야. 깨고 나면 발이 아팠다. 내 유년의 뒤축은 해져 살이 비쳤다. 나는 도시로 이사와 첫겨울을 맞는 가로수들처럼 무릎을 쓸어안았다. 선생님이 뭐라고 하시던? 사투리를 고쳐야지. 나는 서서히 침묵했고, 버릴 수 없는 억양을 문신처럼 감추었다. 서울 놈들한테 져선 안 돼. 아버지는 오백 원짜리 종이돈을 찔러주며 비상금이라고, 마치 그것이 내 인생의 비상구라도 되는 것처럼 말했고, 나는 미술 시간이 싫었다. 왜 그림은 그리라지 않고 선생님은 준비물 검사만 하는 걸까? 가로수 한 그루 없는 뜨내기들의 동네. 나무가 심어진 마당에서 우리는 얼마나 멀리 떠나왔나? 씨앗들은 떠돌아야지. 그래야 좋은 땅에 뿌리를 내리지. 내일의 여행가인 너희들. 짐을 내리자 비가 왔다. 단칸방에 딸린 너무 많은 식솔들에 여주인은 입주를 거부했고, 비는 골목에 널린 이삿짐을 적시며 이불 보따리처럼 아버지를 무겁게 했다. 다 젖는구나. 처마가 짧구나.

3

아버지, 여긴 산이 가까워요. 나무도 있고요, 메뚜기도 잡을 수 있어요. 사방 공사를 한, 박음질이 시원찮은 누비옷 같은 야산들. 그래, 산이다. 이제 더 이상 어디로 가랴. 희망은 불확실한 쪽에서 무서운 속도로 흘러가고 있었다. 어머니는 철조망이 쳐진 밭 울타리에서 호박잎을 땄고, 동생은 여름 내내 감기를 앓았다. 그해 겨울은 추웠다. 누나는 외투도 없이 새벽에 돌아왔다. 진학을 포기한 형은 물지게를 졌고 점심으로 또 수제비를 먹었다. 비 짓국처럼 따끈따끈한 겨울은 어디에 있나? 연탄 아궁이 위의 시래기처럼 부스러지는 희망. 저 개들은 무얼 먹고 살이 올라 저리도 사나운 걸까? 어머니, 호박잎처럼 큰 쌈, 녹기 전에 옥상의 눈을 치워야 돼요. 치우면 뭘 해. 또 오는걸. 하늘 가득 꿰진 구멍처럼 만발한 별들. 남루한 밤의 외투. 웬 양말이 맨 기운 데일까? 아, 몸 가누기 힘든 휘황한 바람. 빚 받으러 부산 가신 아버지는 두 달째 소식 없고, 아무도 오지 않는 겨울. 세간을 줄이며 날로 크는 아이들은 가구 하나 없는 방에서 새우잠을 자고, 확신은 그렇게 우리의 허리를 휘게 했다. 풍향계는 바람

이 달리는 방향으로 미친 듯이 돌 뿐이야. 그뿐이야. 소
주병이 깨졌고 자주 고개를 숙여야 했고 나는 어른이 되
고 싶지 않았다.

4

　아버지는 왜 매일 저 언덕 위에 쪼그리고 앉아 있는 걸
까? 몸 한쪽 그리움의 몫으로 떼어놓고 가듯 장롱 한 짝
문갑 한 짝 버려두고 떠나온 집들. 구름의 누선(淚腺)을
누르면 비가 왔다. 짧은 처마, 낙숫물이 파놓은 마음 구
멍에 익숙해져야 했다. 삭은 빨랫줄은 고단한 육신의 무
게를 견디지 못하고 끊어졌다. 옮길 수 없도록 젖은 아버
지. 유리새야, 암청색 비단 저고리를 입은 큰유리새야,
난 탱자나무 가시로 빼먹던 바다 고둥이 그리워. 대숲을
돌아 사철나무 생울타리를 따라가면 만나는 학교 운동장.
그해 구멍가게는 외상을 사절했고 나는 그날 밤 가게 유
리창을 깨기로 했다. 깨지 못하고 밤새 유리창 깨는 꿈만
꾸고 그해 내가 찬 공들은 왜 공터 집 창들을 깨는지. 자
주 불 꺼지는 우리 집. 아버지는 몸져눕고 온 가족이 천

리타향에서 낙엽처럼 낙오된다. 시간은 어느 땅에 우리를 심어줄까? 가랑잎도 구르다 보면 차진 흙 한 움큼 묻혀 뿌릴 내릴까? 아무 데나 꺾꽂이해 뒀다가 뿌리를 내리기도 전에 옮겨 심고는 착근의 꿈에 밤새 앓게 하던 날들. 철렁 내려앉은 가슴으로 어둠 속을 걸으면 단단한 바닥도 구름 속 같아 딛는 걸음마다 허물어져 허방이고 수채고 도랑인 길. 늦었는데도 아무도 오지 않던, 칠흑으로 도배해 버린 언덕 위의 그 골방.

비가 온다. 다 젖는구나. 처마가 짧구나.

접시의 시간
—유랑의 무리 3

텅 빈 밤길을 뛰면 저만큼 모퉁이를 돌아 사라지는 그
림자 긴 사람.
누구일까?

이사 간다. 이제는 남아 있지 않은 아버지의 책, 어머
니의 반지, 놋그릇, 깨진 장독, 문짝 떨어진 장롱 모두
싣고서. 내 자란 집, 내 뽑힌 집, 아버지 언 땅에 묻고 뒤
도 돌아보지 않고 떠나온 집, 돌아갈 수 없는 집 다 안고
들쳐 메고서. 아버지에게로. 서른다섯 살인 나에게로. 구
름으로 만든 지붕 아래로.

기억의 장례

동시 상영관의 자주 끊어지는 필름처럼
과거란 아주 잘게 끊어서 생각해야 한다.
모든 것을 한꺼번에 밑둥치서부터 더듬는다면
눈 밖에 난 기억들은 느닷없이 뒷덜미를 치고
멍든 가슴은 폐광처럼 함몰될지도 모르기에.
기억들이란 때때로 얼마나 위협적인가.
난 내 고통을 언제나 발췌해서만 읽을 수가 있었다.
눈에 익기도 전에 녹이 스는 거리에서 너무 빨리
어둠에 익숙해지는 사람들을 믿어서는
안 될 것이다. 의심이란 어쨌든 유용하다.
인용되지 않는 기억에 괄호를 치고 난 진작에
내 인생을 침묵의 회랑으로 이주시켰다.
엎친 데 덮치는 불행의 방식에 알은체를 한들 무엇 하랴.
한해살이 풀씨로 얕은 땅을 전전하며
일찍 겨울에 눈떠야 했던 사람들.
추억으로 가는 길목엔 어디나 검문소가 세워져 있다.
내 몸을 뒤지는 거미 같은 촉수들에
나는 속주머니에 감춘 빛의 볍씨까지 털리고 만다.
너무 똑바로 걸으려 하기에 비틀거리는 걸음을
돌아 나올 때 취중인 듯 깨닫는다.

목이 마른 내 그림자는 저녁으로 눕고
고통이 돌림 노래를 부른다.
갑자기 사나워져 흙탕물을 끼얹는 밤.
별들은 유리를 씹어서 뱉고, 두드리면
조개처럼 움츠리는 문들은 나를 거부한다.
마침내 환하게 게운 눈으로 나는
문 밖에서, 직진이 불가능한 길 위에서
노란 불안이 곱사등이처럼 다가오는 것을 본다.
아니다, 더욱 건조해져야 한다.
축축함은 절망의 각도로 기울어져 있고
이미 여러 차례 죽음이 다녀갔던 것이다.
이미 여러 차례 슬픔이 장례를 치렀던 것이다.
침묵만이 우리의 애도라면 비밀이란 사실
얼마나 평범한 것인가. 평범함이 고통의 속성이고
우리 또다시 체념해야 한다면 펼쳐본들
오리무중인 그 시간들을 다시 읽어 무엇 하랴.
이름들은 잘못 발음되어 위험하고 이것은
언제든지 저것으로 바뀌어 태연하다.
나는 헛짚는다. 용서받을 수 없다.
벌써 여러 번 실패했던 것이다.

주술의 시간

1 비 온 뒤 갬

태양은
구름의 늑골 아래
무지개를 감추고 있지.
그 어둔 흉곽에서
공작 부채가 만발하기 위해선
조금 궂은 날 있어야 하네.
얄궂은 여우비 한 짐 걸머지고
길 가야 하네.

터진 옆구리의 상처는
얼마나 아름다워야 일곱 가지 색을 갖나.
비 온 뒤 흐린
궂은 날들의 생은
잦은 출혈 담아 쌍무지개를 뿜나.
젖은 땅 굳히며 걸어온 내 발자국.

저길 봐, 궁룽 되어 걸린 혈흔!

2 잭과 콩나무

내 영혼의 심지,
오른쪽으로 한 번 왼쪽으로 한 번
해마다 한 차례씩
남동풍 북서풍으로 꼬아
튼튼한 동아줄 하나 하늘로 오르면,

그렇게 내 영혼의 심지,
여름 가닥 겨울 가닥으로 꼬아
너덜너덜한 바람의 안감
누비옷처럼 꺼입고
한 획 하늘 곧게 일으켜 세우면

몹시도 검질긴 그 줄다리,
'나무'라고 이름 불러줄,
'하늘 다리'라고 혀 맞춤 해줄
내겐 너무 예쁜
그대.

3 밤길

반딧불이 형제들아,
나 또한 명멸하는 빛을 가졌을 뿐.

숲은 어둡고 난 몹시 무서워
어둠이 어둠을 불어 꺼버린 듯
혼몽한 길.
부싯돌 때려 띄운 타전(打電)엔 대답 끊겨
절벽을 떠도는 메아리가 길이 된다.
아, 이 칠흑의 숲, 암전된 골짜기에
별의 꼬리를 달고 떠오른
너희, 완두콩 빛 소년들,
반딧불이 형제들아,

나 또한 명멸하는 생을 가졌을 뿐.

III

겨울 산의 물고기들

씨앗

오미자를 달여 마시다가 열매 속에 든 씨를 발견한다.
태아 모양이다. 담갈색 광택이 나는, 녹두 절반 크기의
씨앗은 아주 단단해 자기(瓷器) 속에서 영롱한 금속성을
낸다. 음의 씨앗이다. 한 줌 집어 떨어뜨리면 십육분음표
의 청아한 꼬리를 달고 대(大) 바흐의 인벤션 속으로 달
려간다. 이 한 알 한 알의 씨앗이 저마다 한 그루의 오미
자나무로 자라났을 것을 생각하면 가슴이 두근거린다. 큰
스님의 사리를 마주하는 것 같다.

나도바람꽃

꿩의바람꽃, 너도바람꽃, 바람하늘지기,
헛꿈 같은 허공꽃.*

떡잎 두 장으로 지은
몸 그늘 아래

바람이 맺었다 거두는
이 내 몸꽃.

* '몽환공화(夢幻空華)······': 삼조(三祖) 승찬스님의 『신심명(信心銘)』
에서.

월정사 전나무 숲

겨울, 전나무 숲에서, 나는 본다.
낡은 서랍 속에 수십 년 묵혔다 꺼내 보는
오래된 서화의 귀기(鬼氣) 서린 먹빛.

얼음장 밑에서 힘줄이 불거지며
오래 처막아 두었던 신음이 쇠북을 치듯

그렇듯
침묵 속에 홀연히 뻗치는
강골의 붓.

친견

　침상에 걸터앉은 그분 뒤 거울에선 짙푸른 솔숲이 바람을 쓸어 모으고 있었다.

　자동차 사고로 정신을 잃고 의식을 되찾았을 때 병원 복도에 즐비한 응급 환자들 끝에 자신이 누워 있음을 깨닫곤 그분은 심한 갈증과 오한을 느꼈다고 한다. 추우니 방으로 데려가 달라고 부탁하자 간호원이 말했다. "보호자도 없는데 어떻게 병실로 가요?"
　삼 개월 전의 일이다.

　"육십 년 중노릇에 보호자가 없어 입실도 못 한 늙은이한테 뭐 볼 게 있다고 왔노?" 첫마디다. 물음은 어눌했다. "뭐, 생로병사라고? 내가 그걸 알면 여기 있을 턱이 있나?" 트럭 사이에 낀 승용차 속에서 다리는 공중으로, 상체는 좌석 틈에 끼어 꼼짝할 수 없었던 시간. 거울 속을 자세히 보니 소나무 몇 그루는 말라 죽어가고 있었다. "찰나간에 구백 번 생멸을 거듭한다고, 나간 숨 들지 않으면 그만인 게 이 몸뚱어린기라. 그러니 잘 새겨 봐라. 이 한 물건이 뭔지." 검버섯 잔뜩 핀 고송(古松)스님 얼굴이 마른 비늘 되어 흩어졌다. "팔 하나는 부러져 언제 붙

을지 모르고 한 손은 손가락을 움직일 수 없어 누가 안
떠먹여 주면 밥도 못 먹는기라.”

보름 전에 퇴원해 일주일째 온천에서 요양 중인 노스
님. 보살을 시켜 요구르트를 내온 뒤 세 번째 같은 말을
되풀이한다. “먼 데서 왔으니 온천이나 하고 가라.”

팔공산 파계사 뒤 제2석굴암온천리조트 6층 침상에 걸
터앉은 그분 뒤에선 하늘에 손발 다 담근 솔숲이 바람을
쓸어 모아 구름 깃 새들을 풀어놓고 있었다.

은해사

아침

공양을 끝낸 사미승들이
훈김 뿜으며 보화루(寶華樓) 앞 큰길까지
쓸고 간 아침.

하마비(下馬碑) 앞에
말처럼 끌고 온 육신 매놓지 못하고
은해교 건너면

채 서리가 녹지 않은 마당 비질 자국 위로
누우며 들이치는
햇김 나는 빛.

향나무

푸른 나발(螺髮) 얹고
다시 한 번 일으켜 세운 마음의 일주(一柱)에
무수한 촛대 달고

비늘잎 털며 심지 올린
너, 고수머리 불의 영혼.

이리 휘고 저리 꺾인
청년의 머리,
하많은 방황의 비린내로 선정(禪定)에 든
강직한 뼈 노끈 다발,
바람에 흩린 녹조류의 횃불이여.

살점을 욱여 파 골각(骨刻)을 내어
생의 비린 혈기까지 쥐어짜 버린
강팍함을 가르쳐다오.

심검당 (尋劍堂)

내 마음 빽빽한 숲에 들어
폭풍으로 가지 쳐주시는 이.
다시 한 이틀 가을비로 오시어
아직 꺾진 생목의 가지 누그러뜨려

한 지름 불린 부엽토에
기억의 태양을 공양케 하시는.

거친 여름, 전정되어 고요합니다.
군무(群舞)로 수런거렸던 여러 달의 오전.

봉정사 시편

하나   겨울 산문(山門)

누대(樓臺) 아래 쪽문이 열려 있다.
반달 모양의
옹이 져 뒤틀린 나무 문지방.

문 앞에 멈추어 미소 짓게 하는
당신의 과묵한 응접.
한 걸음 발을 들여놓는다.

단정하고 엄절한 기와지붕 아래
정면 세 칸의 완자문이
활짝 열려 있다.

둘   고금당(古今堂)

당신 앞에 이르러 당신에게로
당신에게로 떠밀렸던 마음을 놓는다.
스스로 고요해진 마음,

기도마저 앙금 재운
수굿한 마음.
당신을 향한 자리에서 마음 돌려
당신이 향한 자리에서 눈을 뜨면
거기
환한 겨울,
밤눈이 걷힌 쩡쩡한 아침.
남쪽 하늘 희디흰 비천운(飛天雲)
쪽빛 바람 감아 돌며 자취 없고
감나무 네 그루가 결절을 꺾는 안쪽
어깨 높이의 토담,
고드름을 늘어뜨린 뜨락의 석탑.
강한 부리의 독수리가 알을 깨고 나올 듯
적요한 마당.

셋 천등산(天燈山)

천학(千鶴)이 활개를 치는 솔산의 설풍.

침엽수림에서 뭉텅이로 낙과하는 눈 숭어리들,
그 하얀
젖니들의 홍소가 햇발을 깨물고
겨울 골짜기를 울리는
크고 강파른 날갯짓.

고목등걸에 얼어붙은 눈 거적
살집 터지듯 파한(破閑)하며 소용돌이에 들면
털끝 하나까지 소스라치는 온 산의 일할(一喝).

금줄을 두른 내 영혼의 내원(內苑)에서
누가 도끼뿔로 상수리나무의 밑둥을
텅, 텅, 친다.

겨울 산의 물고기들

숭어의 배를 갈랐다.

나는 조금 전부터 오어사(吾魚寺)의 목어를 생각하고

있었다.〔그 겨울, 그리도 이른 저녁,

절의 들머리 외뿔소자리 아래서 듣던

바람의 입당송(入堂頌).〕생각은 겹쳐졌다.

장곡사(長谷寺) 상대웅전 처마 네 귀퉁이엔 벙어리 풍

경이 달려 있었다.

물고기들은 지난 폭풍 때 빗줄기와 함께 사라졌다고

했다.

산상구어(山上求魚)라던가. 금정산(金井山) 상봉 바윗

샘엔

팔뚝만 한 잉어들이 노닐고 있었고, 나는 두 손으로 그

싱싱한 놈들을

건져 올렸다. 깨고 보니, 꿈이었다.

숭어는 펄떡거리기를 멈췄다.

밤새 숲은 꼬리지느러미를 떨고 있었다.

오어사 입구 살얼음 진 호수에 별들이 빙어 떼를 풀어

놓았다.

은비늘 치는 소리가 끊임없었다.

겨울 숲의 저 물고기들. 얼음에 쟁인

선도(鮮度) 높은 생각들. 〔누가 밤새워 발광(發光)하며
배터리로 지져 천렵을 하고 있나.〕
잠을 이룰 수 없었다.
활어, 활구(活句)들이 목구멍에 걸려 말문을 틀어막았다.
만어사(萬魚寺) 일만 마리 물고기들이 일제히 석경(石磬)
이 되어 울었다.
조금 두툼하게, 얼음이 씹힐 듯 흰 살점을 발라내는 사
내의 이마에서 땀방울들이 생각의 측선을 예각으로 움직
이고 있었다.
놋날 드리듯 퍼붓는 빗줄기 타고 비상하는 물고기들.
목어는 제 몸 울음으로 온 산을 타고(打鼓)했다.
내 가슴속에서 빈 구리종이 크게 울었다.

화염의 길

마곡사 밤 계곡 물소리.
자정 가까워 주모도 잠든 식당 골방에 띠살문 열고
반쯤 취해서 듣는 계곡 물소리.
두 귀가 하도 부셔
청각의 삶을 항아리째 부셔내는 듯.
그렇군. 내 몸 허한 옆구리
살가죽 주머니 속 허튼 재 뒤져 털어내며
초심(初心)으로 달려오는 길이로군.
칠흑 무명에 터널 뚫고 환하게 빛나는
영혼의 심지, 섬광으로 꼬아 만든
고압의 동아줄이로군.
목불(木佛) 속 진신사리가 숯으로,
불의 씨앗으로 여무는 소리.
몸을 벗고 뼈를 바꾸는 소리.
머릿속 소나무 장작이 자갈돌처럼 터지고
수십 년 다져 굳힌 나이테로 터지고
살 속의 살, 뼈 속의 뼈,
더는 꺾이지도 깎이지도 않는 마음속 흉금이
다비(茶毘)를 행한다.
불붙은 내 머릿속의 아궁이.

불붙은 머리끄덩이가 잇는
눈부신
화염의 길.

화두

밝혀 스스로를 보기 위해
자신의 내부를 환히 들어내는 불.

전생(全生)의 각혈인 꽃이여.

분향

대쪽으로 엮은 선방(禪房) 사립문엔
흐벅진 꽃망울들 앞 다투어 개화하고
꽃대롱에선 불같은 혀가 나와
꽃잎들 솎아내고 있었습니다.
개벽하며 저무는
요절의 봄 다그쳐
투신케 하고 있었습니다.
창호지 새로 바른 문짝들 눈부신 마당
비질되어 그림자 한 점 없는데
낙하하는 꽃송이들 낙화한 생을 염하고 있었습니다.
만개한 불의 혼(魂)들, 재갈 문 향기들
꽃 비늘 벗겨
스스로 꽃다운 때를 화장(火葬)하고 있었습니다.

지리산의 샘들

1

이른 아침
구름의 솟을대문 열고
지리산 천왕샘이나
명선봉 아래 총각샘에 가면
새벽같이 다녀간 새들의 발자국 있다.

샘의 시간.

바위 틈
밀어(密語)의 그늘에서 옹알이하는 물
두 손 모아 보듬어 마시며
시린 물로 눈곱 닦고 어둠 헹궈냈을
노래를 청진한다.
냉수욕으로 한뎃잠 데우고 간
날갯죽지를 생각한다.

차고 엄한 기운이
놋그릇처럼 닦여 번득이는

고산의 아침.

2

뜬눈으로 지핀 밤의 재 털고
능선에 오르면
방짜 징처럼 울리는 대기.
벌써
벌들의 붕붕거림으로 꿀의 향낭이 터질 듯하다.
수천 필 옥양목 천을 널브러뜨려 놓고
한쪽 코를 바늘에 꿰어 번쩍 들어 올린 산록엔
돌솥처럼 달궈진 웃음.
태양이 석청처럼 익는다.

그러나
아직은 샘의 시간,
밀어의 시간.
노랫말을 찾는 뜻 없는 가락이 그늘을 뒤져
구음(口吟)을 매기는 물의

마술적인 모음을 청한다.

열어 젖뜨리는, 매 순간
겹겹으로 벗어던지는 허물로
속 깊은 광채에까지 시리도록 뚫린 소리.

첫길을 열며 다녀간
귀 밝은 새들은
어떤 노래를 들었을까?

IV

이타케 가는 배

하늘이 담긴 손

모든 것 지나가 버린 들, 쓰러진 길 위에
채 움켜쥐지 못한 꿈을 향해
동냥 그릇처럼 놓인
탁발의 허기진 손.
가문 땅에 비로소 내리는 비에
작고 쓸쓸한 웅덩이 되어 하늘을 담고 있는.

어느 손도 그 손을 맞잡아주지 못했고
자신의 다른 한 손조차 그 손의 아주 오래된 기다림을
달래줄 수 없었던

하나의 손.

성지주일(聖枝主日)*

1

내 닫힌 잠의 패각 속으로 맨손 짚으며 걸어오는
결이 고운 빗소리.
오래 가물었던
사나운 꿈자리가 젖어 있다.

밤의 잇몸에 선혈이 밸 무렵
복수초 몽우리 터지는 산록의 잔설에서
생강나무 노란 꽃가지 꺾어
땅을 후려친다.
"일어나라. 그분이 입성(入城)한다."

2

새벽 늑골에 한 움큼씩 돋는 얼음 비늘.
폐수가 흐르는 천변 공터에서
그분을 본다.
구덩이를 파고 묻은 유리 조각과 녹슨 깡통을 모아

솔기가 터진 옆구리에 담고 계신.

겨우내 푸르렀구나, 풀들아.
야반을 틈타 쏟아져 나오는 공장 폐수에
한겨울에도 얼지 않는 하천,
수은에 중독된 너희들의 짙푸른 잎맥.

3

안개에 싸인 새벽빛.
버들개지 움터지는 골짜기에서
다시 그분을 본다.
새로 떼 입힌 무덤에 나무 한 그루 심고
버려진 밭 묵은 이랑에서 돌과 흙을 나눠
씨앗의 희망을 손저울에 달고 계신.

어제 당신은 새벽 숲에 들어
피목(皮目)의 잔물결이 촘촘한 물박달나무 등걸에
살 밑 흰 뼈가 느껴지는 손가락 둘째 마디로 노크를 하셨지요.
    깍지 벗는 여명에 머리끝이 푸르게 서는 아침,
    정강이까지 젖은 나무들 안개를 뿜고
    들을 가로질러 간 당신의 발자국
    점자(點字)로 읽으며
    믿음이 강한 새들은 숲으로 들었습니다.

    손바닥만 한 내 영혼의 밭뙈기,
    명아주 구릿대 우거진 묵정밭 새로 매며
    내가 얻은 작고 단단한 말씨 한 줌은
    당신의 것이지요.

    4

    들 서쪽 산허리를 깎은 아파트 공사장에서
    쓰레기를 태우는 연기. 밤이면
    대지의 정수리에 쇠말뚝을 박는 소리.
    땅의 구근이 여무는 산자락에 콘크리트 덩어리를 쏟아
붓는 소리.

누가 삽으로 싹들을 뗏장처럼 떠내고 있나.

하구언 갈대숲에서
죽은 새의 부리를 열고 피의 젖을 물리고 계신
그분을 본다.

산등성이를 분지르고 치닫는 아스팔트에서
젖은 손 갈퀴로 발아(發芽)의 깊이를 일구고 계신
그분을 본다.

기름 무지개 띠를 두른 강에서,
적조(赤潮)로 고요한 근해에서
반쯤 썩은 개의 두개골로
줄줄 새는 흉곽에 악착같이 폐유를 퍼 담고 계신.

하늘에서 내 수혈한 것 지상에서 덧없어라.
석관(石棺)으로 눌러놓은 대지의 어둠.
휘묻이한 생의 가지 아래
죽음의 덩이줄기들이 열리는구나.
폐원(廢園)의 옆구리에서 자갈돌을 솎아내고

한 모금 더 얼음을 삼켜 선혈의 빛을 곱게 하라.
한 입 더 어둠을 물어뜯어 꽃잎의 턱을 강하게 하라.
흙의 글뜻으로 새긴 이 땅의 책.
어둠과 얼음으로 봉인된
신생(新生)의 책.

5

얼었다 녹으며 아침 햇살에 빛나는 길에서
홀연 행적을 잃는다.
어디로 가셨을까.

숨은 골짜기 빙벽을 녹인 손으로
나무들의 잠을 짚고 간 그분의 진흙 자국
지워지고 없다.

태양을 무동 태운 불꽃 화환의 머리로
돌 속의 꽃을,
묘혈의 유충들을 깨우고 간 흔적

짓밟히고 없다.

한 발을 저는 고육(苦肉)의 걸음으로
가시덤불 헤치고 간 짐승의 자취
싹들에 물어 숲을 더듬으면
거기, 빗돌 없는 무덤,
황토 봉분 위에
불기둥 세워 전신 공양하는
나무 한 그루.

* 성지주일: 부활절 한 주일 앞에 있는 기독교의 축일. 예수가 어린
  나귀를 타고 예루살렘에 입성할 때 사람들이 종려나무 가지를 들고
  환호하며 맞은 것을 기념하는 날.

황금가지

쓰레기 소각장이 들어설 예정인
마을 끝 황무지에는
아주 늙은 굴참나무 한 그루가 있다.

바람이 묵은 가시덤불을 공처럼 굴리고
돌의 치열을 흔들어 뼈 구르는 소리를 내는
석회질의 땅에
어떻게 그 나무가 옮겨 와 살게 되었는지는
알 수가 없다.
강을 사이에 두고 강 양쪽으로 막막하게 펼쳐진
바람의 땅,
시간이 멈춘 그 황폐함에
한 권의 고서(古書)처럼 녹음의 갈피를 펼친 나무.

자갈땅에서 너무 많은 돌을 회임한 굴참나무는
언제부턴가 열매를 맺길 멈췄지만
회색 하늘 향해 사슴뿔처럼 뻗친 가지 위엔
황록색 겨우살이들이 무성하게 자라
얼음 징 치는 겨울에도
왕관 모양의 푸른 불꽃을 뿜어내고 있다.

소읍의 외곽, 지방도로가 끝나는 곳에서
황량하게 흩어진 폐가들을 지나
어느 눈 오는 날
마을의 마지막 집이 있는 곳까지 걸어가
그 나무를 보고 온 적이 있다.

혁질의 바람으로 스스로를 치며
찌르면 찌를수록 서릿발 끝 푸른 피를 받쳐내며
설원 위에 서 있던 나무.

봄이 되자 겨우살이는 황금빛 꽃을 피웠고
포클레인과 불도저가 왔다.

성공회 대성당

담황색 기와지붕을 올린 성당.

궁륭을 문턱으로 삼고
천장도 없이
하늘에 잇닿은 석조 기둥들.
그 옆에 서면
돌의 비늘을 가진 숨결이 이마를 누른다.

태양을 황금 분할한 스테인드글라스는
스며듦으로써 영원히 존재하기에 이른
기도와 찬미를
빛과 그림자의 혼융 속에 두근거리게 하고
침묵은, 이미 그득한 향기다.

좀 더 깊숙이 스미면
예순여덟 개의 건반을 밟고
하늘 계단을 오르는 파이프 오르간.
그 은빛 관(管) 속으로 흐르는 빛을
어둠은 음악으로 마신다.
향기로 훈제된 소리의 집.

낡은 나무 계단을 조율하며 나선상으로 돌아
종루로 오른다.
삐걱거리는 별들.
하늘 다락에 걸린 구리종 하나,
흙의 것인 몸 땅으로 향한 채
머리 파묻고 죽은 비둘기 한 마리.

종의 여음(餘音)에 흩어지는 구름 깃 하나 주워
바람에 건네면
밤의 기왓장들이 집열판처럼 빛난다.

카드놀이하는 사람들

둥근 마호가니 탁자에 여섯 사내가 앉아 있고 여섯 개
의 은잔이 놓여 있고
사내들은 구김살 하나 없는 와이셔츠에 나비넥타이를
매고 검은색 연미복을 입고 있다.
일제히 시가를 피우고 있는 것으로 보아 이제 막 식사
를 끝냈거나
좌담을 마치고 여흥을 즐기고 있는 듯.
그들은 연기를 뿜었고 재를 떨었고 미소를 지었고 지그
시 눈을 감거나 질문을 던졌다.
그들 곁의 한 사람, 일곱 번째 사내는 쪼그리고 앉아
있다.
그의 뒤에 등받이 없는 의자 하나가 쓰러져 있고
그는 돌아서서 의자를 세우려 하나 의자는 세워지지 않
는다.
그만두게. 산소 부족을 호소하지 말게.
그들은 잔을 들어 서로의 잔을 부딪쳤고 아주 조금 잔
속에 든 액체를 마셨고 소리 없이 잔을 내려놓았다.
자넨 합창 속에 낀 반음 낮은 음성. 어깨와 어깨로 엮
은 조화로운 사슬 아래
어깨동무할 수 없는 낮은 어깨. 이를테면, 자넨……

여섯 사내들은 능란하게 마흔여덟 장의 카드를 섞는다.

사각 머리들이 망을 보고 있어. 우린 아직 하늘의 살생부에 이름이 오르지 않았어.

문밖에서 누가 창문을 열고 구조를 청하는가?

카드놀이나 하세. 이 건물 밖의 비상구는 모두 이 방으로 통하지.

쭈뼛한 생각. 화장용 가위로 의심 많은 더듬이를 자르게.

일곱 번째 사내, 그는 돌아서서 의자를 세우려 하나 의자는 세워지지 않는다.

원탁의 사내들은 시가를 끄고 새 시가에 불을 붙이고 지갑을 꺼낸다.

자넨 늘 등받이를 확인하곤 등을 기대지. 공중(公衆)의 의자는 낯이 서니까.

어떤 시간에 익숙함을 고집할까. 포기하게, 기득권을.

발자국이 남지 않는 그 길엔 이미 여러 사람이 다녀갔네.

처음이란 인간의 가상일 뿐, 삶이란 시작부터 얼마나 낡았는지.

배식이 시작되지 않은 식당에서 자넨 여분의 식권을

쥐고 물기가 덜 빠진 식판을 들고 섰네. 이를테면, 자넨……

여섯 사내들은 카드를 섞고 일곱 번째 사내는 쪼그리고 앉아 있다.

화물 트럭의 짐칸 위에서 펄럭거리는, 기름때에 전 방수포들. 상관 말게.

밤이면 인적 끊긴 항구의 폐선에서 검은 그림자들이 빠져나오지.

그들 밀항자들, 수배범들, 망명자들. 창문을 닫아.

입을 꼭 다물고 입 밖으로 말이 새어 나오지 않도록 하게.

한 번 동여맨 곳을 다시 동여매고 동여맨 자리 위로 동여맨 줄기가 올라타 엇걸이 덧걸이 하며 포복 승천하는 덩굴들.

보라. 우리는 상생(相生)한다.

누가 혼자 낭떠러지에 서 있는가? 누가 낭떠러지에 선 자를 껴안는가? 껴안고서 떠미는가?

지푸라기를 잡듯 희망하며 지푸라기만큼 절망하는가?

그만두게. 자넨 뒤에 처져 구두끈을 매는 사람.

늘 의자 하나가 부족하지만 쓰러진 그 의자엔 아무도

앉을 수가 없네.
　자넨, 이를테면……

살로메

푸른 머리의 악사…… 저무는 하늘 밑,
채 출혈이 멎지 않은
너의 잘린 머리통에 한 발을 딛고
그녀는 바이올린을 켜고 있다.

푸른 머리의 악사…… 저물기도 전에
먹장구름이 암장한 하늘 아래
자줏빛 비단 가운을 벗고
검은 신(神)이 점지한
검지 자국 선연한 배꼽을 드러내며
그녀는 웃고 있다.

철시한 상가에서 눈먼 채 복역 중인 백열등처럼
만약 네가 하늘의 갓등을 땅으로 향한 채
한낮에도 빛의 두레박을 늘어뜨린 별들을 보았다면
너의 머리는 잘릴 것이다.

만약 네가
광케이블로 연결된 교신의 실꽉진 팔뚝으로

지구의 반대쪽에서
밤의 뿌리들이 채굴하는 태양을 보았다면
그때 또한 너의 머리는 잘릴 것이다.

밤의 흑단으로 깎은 악기에서
음악이 울리기 시작했으니
이제 어느 눈이 먼저 울려는가?
푸른 머리의 악사, 그녀의 머리채는
밤하늘의 숨구멍을 틀어막은 채
천상의 전원(電源)을 땋아 별빛을 뿜어낸다.

날이면 날마다
검은 돌 구름이 무너졌다 다시 무너지는 너의 가슴.
하늘의 돌문에서 이따금 엿본 신의 짙푸른 눈빛 향해
너는 얼마나 여러 번 장작처럼 쪼개지며 쓰러졌던가.
빛의 도끼. 그녀의 은빛 전자 바이올린 아래서
목이 잘린 너의 벌거벗은 시신은 감전에 떨고
밤이 오고 음악이 발화한다.

푸른 머리의 악사…… 피로 적신 흙에
창백하게 젖은 너의 심장 위에서
그녀는 환호하며 무릎을 꿇는다.

이타케 가는 배*

1

예인선 한 척이 안개 속을 뚫고
거대한 상선을 매머드처럼 끌고 입항하는 것을 본다.

잠시 시야가 흐려진다.
눈꺼풀 사이에서 서릿발이 서걱거리는 듯한
겨울 안개. 발 묶인 승객들
무리 지어 술추렴에 지친 대합실, 나는
안개가 동결시킨 바다
저편으로 떠날 한 척의 배를 기다리고 있다.

허공에 빽빽한 빗금을 그은 기중기들이
바닷새들의 길을 차단한 부두에 서면
코를 찌르는 요오드 냄새.
등대의 무적(霧笛)은
안개를 밀어붙이며 꺽꺽한 쉿소리를 내다
하늘의 닻처럼 진펄에 처박힌 선박들 틈바귀에서
선창의 그 흔한 가락들처럼 좌초하고 만다.

근시(近視)인 생각 속에서
하향된 채 부유하는 풍경.
이 바깥, 우리에게서 멀지 않은 곳에서는
무슨 일이 벌어지고 있는 것일까.

2

12월. 이미 겨울은 시작되었지만
기다림은 끝나지 않았다.

밤바다에서 등 푸른 새벽을 낚던 사람들
몇 차례 술청을 바꾸며 수초처럼 젖어 쿨룩거리고
금치산 선고를 받은 우리의 눈은
포획된 도시의 한낱
백일몽 같은 항구를 본다.

생선 궤짝을 태우는 드럼통 속의 불.
물때가 바뀐 방파제엔
난바다에서 밀려온 잡동사니 표류물들.

바다의 하얀 혈청이 태양 아래 익는 섬들은
자자한 풍문 속에 흐려지고
우리는 내처 돌과 밤의 항구에 억류된다.
위수령이 내린 바다,
김이 무럭무럭 나는 몽환의 저 찬 욕조에서
만취된 채 전신 세례를 받는 꿈은 누구의 것인가?

돌아보면, 일몰의 먼 길들 현기증으로 아득하고
풍설(風雪)이 남하하는 반도 끝 해진 발부리
뼈째 젖어 무너지는데
세상 어디나 두고 온 것들
회한의 안개 되어 그리운 뱃길 지우면
술 끝에 묻어오는 옛 꿈은
해협처럼 포말 드날려 바위너설을 감춘다.
또 한 해 얼어붙으며 천 근 돌을 가슴에 올려놓는 기
다림.

3

오후 5시.
정오발(發) 율리시스 호는 끝내 떠나지 못한다.

출항이 취소된 승선권을 환불받기 위해
매표구에 늘어선 사람들.
나는 환불하지 않은 배표를 바지 주머니에서 꺼내
불 속에 던지며
이 안개 속을 뚫고
돌과 밤의 도시 저편,
실향의 그림자들로 흉흉한 항구 밖으로 나를 이끌어줄
한 척의 예인선,
도선(導船) 안내인을 생각한다.

* 이타케는 오뒤세우스의 고향. 그는 트로이 전쟁이 끝난 뒤 십 년간
 의 표류 끝에 그곳으로 돌아간다.

하늘이 담긴 손

1판 1쇄 찍음 2004년 11월 8일
1판 1쇄 펴냄 2004년 11월 12일

지은이 김영래
펴낸이 박맹호
펴낸곳 (주) 민음사

출판등록 1966. 5. 19. (제16-490호)
서울시 강남구 신사동 506 강남출판문화센터 5층 (135-887)
대표전화 515-2000 / 팩시밀리 515-2007
www.minumsa.com

값 7,000원

ISBN 89-374-0729-9 03810